INVENTAIRE
Ye 22 201

AF384257
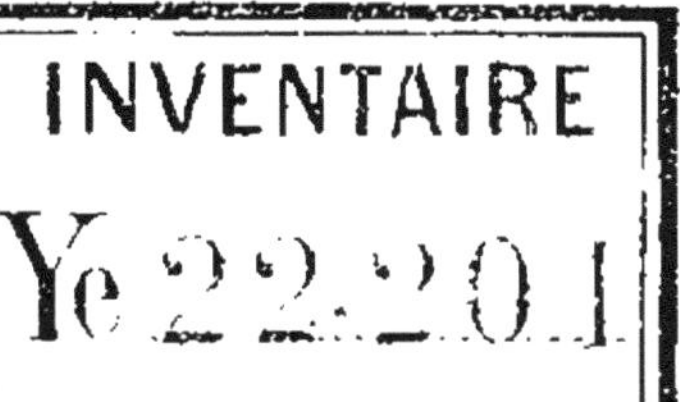

LA FÉRULE

ENLEVÉE,

POËME HEROÏ-COMIQUE

EN QUATRE CHANTS.

IMPRIMERIE ET FONDERIE DE J. PINARD,
RUE D'ANJOU-DAUPHINE, N° 8.

Philipon del.   425.   S. A. Allais sc

. . . . l'audacieux Élève
sur une fesse encor fièrement penchue

LA FÉRULE

ENLEVÉE,

POËME HÉROÏ-COMIQUE

EN QUATRE CHANTS.

PARIS,

THÉOPHILE BERQUET, BOISTE FILS AÎNÉ ;

—

1826.

La
FÉRULE ENLEVÉE,

En Quatre Chants.

Je ne sais bête au monde pire
Que l'écolier, si ce n'est le pédant.

LA FONTAINE.

« Lequel des deux maîtres, dit Sénèque, estimera-t-on
« le plus : celui qui, par de sages avis et par des motifs
« d'honneur, s'applique à corriger ses disciples, et un
« autre qui les déchire à coups de fouet pour quelques
« leçons mal récitées, et pour d'autres fautes pareilles ?
« S'y prit-on jamais de la sorte pour dresser un cheval ?
« est-ce à force de coups qu'on le dompte ? ne serait-ce
« pas un moyen sûr de le rendre ombrageux, fougueux,
« craintif ? Un habile écuyer sait le réduire, en le
« caressant d'une main flatteuse. Pourquoi faut-il que
« les hommes soient traités plus durement que les
« bêtes ? »

Rollin, Traité des Etudes.

LA FÉRULE ENLEVÉE,

POËME HÉROÏ-COMIQUE.

Chant Premier.

Je chante les combats et ce mortel farouche,
Qui, la Férule en main, la menace à la bouche,
Plus terrible toujours, et toujours moins aimé,
En pleine école, un soir, fut enfin désarmé,
Lorsque des écoliers la turbulente audace
Par cet exploit fameux crut suspendre la classe :
Mais lui vit leurs complots sans trembler ni pâlir,
Et vainqueur des mutins, il se fit obéir.

O Muse des héros, déesse de Mémoire,

Qui vas chantant les rats [1], les lutrins et la gloire,

Le mensonge à ta voix n'oserait se mêler,

Muse, de ce grand jour c'est à toi de parler !

Toi seule tu le peux : viens donc, fais-nous connaître

L'écolier révolté qui désarma son maître :

Un écolier lui seul l'eût-il osé tenter !

Un tel exploit m'étonne, et j'ai lieu d'en douter.

Vers cet endroit fameux, où l'antique Sorbonne

Etale de ses murs la pompe monotone,

S'élève un vieux manoir, paisible et retiré,

Et du quartier latin trop long-temps ignoré.

C'est là que, loin du bruit des discordes publiques,

Tranquille, et dans le sein de ses auteurs classiques,

Le Magister Cinglant, parmi vingt écoliers,

Voyait s'enfler sa bourse et fleurir ses lauriers,

Plus grave mille fois, en tenant son école,

Qu'un sénateur romain assis au Capitole.

[1] Homère, combat des Rats et des Grenouilles.

Jamais contre ses droits écolier révolté

N'osa porter atteinte à son autorité ;

Et , le cœur tout gonflé de sa grandeur suprême ,

Au plus haut de sa chaire il s'admirait lui-même.

Cependant cette oisive et lourde déité ,

Ce monstre à longue oreille , au regard hébété ,

Qui, toujours près des bancs , blotti contre une chaire ,

Veille, et souffle aux mutins l'ardeur de ne rien faire ,

La Paresse en un mot, qu'indigne tant d'orgueil,

De l'école en secret ose aborder le seuil.

Par le Régent fougueux , dès long-temps terrassée ,

Sa haine est dans son cœur profondément tracée.

Sous l'air d'un jeune élève elle entre , et toutefois

Devant le fier tyran qui donne sur les doigts ,

La casquette à la main , la déesse s'incline ,

Et soudain vers la chaire en bâillant s'achemine.

Là, dans l'ombre , en un coin , se cachant à demi ,

Comme un chef assiégeant près d'un Fort ennemi

Se glisse , et vient sans bruit reconnaître la Place ;

Ainsi, l'œil sur le maître, et tantôt sur la classe,

Elle voit vingt marmots, comme pour la narguer,

Tour à tour réciter, décliner, conjuguer,

Entre leurs doigts actifs faire crier les plumes,

Et s'entourer enfin d'un rempart de volumes.

« Quoi ! dit-elle en grondant, un pédant orgueilleux

« Viendra donc, pour toujours m'exilant de ces lieux,

« Tantôt d'un vil bonnet à longue oreille d'âne,

« Flétrir le front des miens, que sa fureur profane ?

« Ou bien les accabler sous le poids des leçons ?

« Ou fatiguer leur plume à force de *pensums ?*..

« Ah ! plutôt qu'à ce point un Magister m'abaisse,

« Périsse enfin l'école, ou meure la Paresse ! »

Elle dit : et soudain fond sur un *De Viris* [1].

Le livre entre ses doigts vole en mille débris ;

[1] *De Viris illustribus*, livre qu'on fait expliquer dans les basses classes.

Sous ses pieds indignés elle foule un Horace,

Des feuillets d'un Virgile elle sème la classe,

Renverse un Cicéron, et sur un Rudiment,

Long-temps fait éclater son fier ressentiment...

L'écolier qui d'abord reconnaît la Paresse,

D'un sourd et long murmure accueille la déesse :

On tousse, on rit, on cause, on s'agite en rumeur,

Et le Régent commence à connaître la peur...

Mais bientôt rassurant sa grande ame interdite,

A l'aspect du danger son courage s'irrite,

Et déjà le vieillard, de colère enflammé,

De sa lourde Férule en criant s'est armé.

Le poil tout hérissé, de sa chaire il s'élance,

Et d'un bras qui ne sait endurer une offense,

Sur les bancs ébranlés il attaque, il poursuit

Le timide écolier, qui l'évite et s'enfuit :

L'un, abattu du choc, roule dans la poussière ;

L'autre, pâle d'horreur, se blottit dans la chaire ;

Trouble-Classe, en hurlant, se débat sous les coups,

Et Nicaise, éperdu, tombe sur ses genoux...

Tels, sous le fer d'Ajax, ou du fils de Pélée,

Les Troyens effrayés tombaient dans la mêlée :

Partout ce sont des pleurs, des sanglots et des cris,

On ne voit que des nez ou sanglans-ou meurtris...

Las enfin de frapper, le Magister farouche,

Trois fois, prêt à parler, ouvre une large bouche ;

Et trois fois, au milieu de la troupe aux abois,

L'orateur essoufflé reste pâle et sans voix...

Mais bientôt d'un accent qui fait trembler l'école :

« Indignes écoliers ! troupe lâche et frivole,

« Qui croyais m'imposer par des cris outrageans,

« Et dans un seul Régent braver tous les régens,

« Est-ce là le respect que l'on doit à ma classe !..

« Qu'on remette à l'instant ces livres à leur place,

« Qu'on se taise surtout ; et quand l'airain sonnant

« Rappellera demain votre essaim frissonnant,

« Songez que, pour punir cette humeur indocile,

« Demain j'attends de tous cinq pages de Virgile ;

« Vous m'entendez? j'ai dit: qu'on y pense, ou tremblez! »

De plus fort à ces mots les mutins sont troublés ,

Et tous, les yeux baissés, retenant leur haleine ,

Se couvraient de leurs mains et respiraient à peine ;

Mais la cloche a donné le signal du départ :

De sa place à l'instant , chacun , de toute part ,

Saute et franchit les bancs , et la pâle cohorte

A pas précipités s'esquive par la porte.

Tout fuit : et la Paresse, au milieu des mutins ,

Tremblante, et vers le ciel levant ses faibles mains ,

Elle-même, en pleurant, court, s'échappe et s'envole,

Et cédait au Régent l'empire avec l'école,

Lorsqu'en un lieu secret , des marmots fréquenté,

Elle aperçoit de loin Trouble-Classe irrité,

Qui, lui seul, à grands cris , rassemble dans la rue

Des écoliers épars la brigade éperdue;

Et soudain la Paresse oubliant ses revers ,

Tourne encor sur l'école un regard de travers...

Impatient du joug, cet écolier superbe
Jamais ne sut d'un nom bien reconnaître un verbe.
Toujours prêt à braver, par horreur du travail,
Des martinets vengeurs le vain épouvantail,
Nul marmot ne sut mieux, par d'adroites boulettes,
Sur le nez d'un Régent ébranler des lunettes ;
Nul marmot ne sut mieux, d'un coup de poing fatal,
Dans l'horreur d'un combat, terrasser un rival ;
Et l'école admirant sa force et son audace,
D'une commune voix le nomma Trouble-Classe...

En ce jour immortel, cet athlète aguerri,
D'encre encor tout couvert et de coups tout meurtri,
Voyant ses compagnons qui fuyaient en tumulte,
Les arrête, et mêlant la menace à l'insulte :

« Lâches, où courez-vous ? où donc est le danger ?
« Ne saurez-vous que fuir, et jamais vous venger,
« Ou qu'exhaler de loin une stérile plainte ?
« Quel est donc ce mortel qui vous glace de crainte ?

« Un lourd pédant, un sot, qui sait, pour tout savoir,

« Ou corriger un thème, ou dicter un devoir...

« Allez, vils écoliers, toujours prêts à vous taire,

« L'œil sur un rudiment, trembler devant sa chaire,

« Ou, d'un premier combat, timides déserteurs,

» Allez, le front baissé, rougir devant vos sœurs...

« Mais la colère enfin rallume vos courages,

« Vous brûlez, je le vois, de venger vos outrages ;

« Ecoutez !.. quand la cloche à longs coups redoublés,

« Dans l'école, demain, nous aura rassemblés,

« Je veux, foulant aux pieds tout effroi ridicule,

« Seul, à ce fier tyran, arracher sa Férule...

« N'osera-t-on après, par ma voix animé,

« Renverser de sa chaire un Régent désarmé ?

« Vous murmurez... ce doute est pour vous une offense.

« Eh bien, braves amis, à demain la vengeance !

« Que demain ce Régent, si prompt à s'irriter,

« Apprenne à quelles mains il osait insulter ! »

Comme on voit dans l'airain que la flamme environne

Monter en murmurant une onde qui bouillonne,
De même à ce discours, terrible et menaçant,
Chaque élève, à grand bruit, s'agite en frémissant.
La Paresse applaudit à leur fougue guerrière,
Se glisse dans leur ame, y descend tout entière ;
Tous provoquent de loin le Régent au combat :
L'un en veut à son ventre, un autre à son rabat ;
On le brave des yeux, des poings on le menace.
Mais il leur faut un chef : on élit Trouble-Classe ;
Et, déjà sûr de vaincre avec un tel appui,
L'escadron belliqueux se range autour de lui.

Chant Second.

La Nuit d'un voile sombre enveloppait la Terre;
Et déjà le Sommeil de son aile légère
Secouait sur Paris, avec l'oubli des maux,
Le charme assoupissant de ses premiers pavots,
Tandis qu'en se jouant, le peuple ailé des Songes,
Abusant les mortels par de savans mensonges,
L'un se croit grand ministre, un autre cardinal;
Le pauvre en son réduit ne connaît plus d'égal;
Et le gros Magister, surpris au même piége,
Ronfle, et se voit déjà directeur d'un collége.

Mais la Paresse veille, et ce faible ennemi
Croit le Régent vaincu, le voyant endormi.

Pleine du grand projet qui la trouble et l'agite,

Loin du quartier latin son pas se précipite,

Elle vole, et, du Jour devançant le réveil,

Aux murs de l'Institut va trouver le Sommeil...

Là, dans un vert fauteuil, en séance réglée,

L'Ennui, d'un air distrait, tient la docte assemblée,

Recueillant pour le dieu, parmi quelques lauriers,

Quelques fleurs sans parfums, des pavots par milliers.

L'Usage, vieil enfant qu'avec peine on redresse,

Sur le ton de l'éloge y déclame sans cesse;

Et le Sommeil, servi par quarante immortels,

Voit Paris en bâillant adorer leurs autels.

Le dieu, du haut des murs de son illustre asile,

Dans un calme profond tenait au loin la ville,

Lorsque entr'ouvrant des yeux surchargés de pavots,

La Paresse l'aborde et lui parle en ces mots :

« O toi qui dans ces lieux où siège la puissance,

« Fais bâiller l'Institut, qui fait bâiller la France,

« Sommeil, souffriras-tu qu'un Régent odieux

« Ecarte insolemment tes pavots de mes yeux,

« Et que sur mes autels, déesse méprisée,

« Je serve aux écoliers de fable et de risée?...

« Aux écoliers! Hélas! que n'a point à braver

« Le peu qui sous mon aile ose encor se sauver;

« Soit que l'un, à grand bruit, arraché de sa place,

« Etale à deux genoux sa honte dans la classe;

« Soit qu'un autre en pleurant, le bras déjà tendu,

« Lève sous la Férule un regard éperdu....

« Mon frère, prends pitié d'une triste déesse :

« Hélas! c'est au Sommeil à venger la Paresse!

« Toi seul sur mes autels tu me peux raffermir :

« Pour vaincre le Régent il le faut endormir;

« Il faut, dès que le jour, levé sur sa demeure,

« Aura fait sur l'airain gémir la dixième heure,

« Dans l'école en secret sur mes pas te glisser :

« Alors, sous tes pavots prompts à le terrasser,

« Fais tomber de sa main l'instrument de sa rage,

« Et que les miens après désarment qui m'outrage. »

Elle dit: à ces mots la Paresse en bâillant

Sent fléchir ses genoux sous son corps défaillant :

Le dieu lui tend les bras, accueille sa prière,

Et les Songes muets lui ferment la paupière.

Mais bientôt le Soleil, aux portes du matin,

Darde ses premiers feux sur le quartier latin.

L'Intérêt, s'élançant de ses sombres portiques,

Ouvrait avec fracas ses nombreuses boutiques,

Lorsque à ce bruit confus qui le vient éveiller

Le Magister fougueux quitte son oreiller.

En vain sa tendre épouse, avec un doux sourire,

A ses côtés encor le rappelle, et l'attire,

Le héros, d'un air fier, s'arrache de ses bras,

Il se lève, et la chambre a gémi sous ses pas...

Tel des bras de Vénus, Mars volait au carnage!

Il veut sortir ; trois fois un sinistre présage

L'arrête sur le seuil, assiège son chemin,
Et trois fois la Férule échappe de sa main...

La cloche cependant, du haut de la Sorbonne,
Gémit au loin dans l'air d'une voix monotone:
Les écoliers émus, leurs livres sous le bras,
Sur le pavé glissant précipitent le pas ;
Le chemin derrière eux semble fuir, et s'efface,
Et leur troupe en rumeur se presse dans la classe,
Comme on voit les essaims de ces filles du ciel
Rentrer en bourdonnant dans les ruches à miel.
On pousse, on est poussé : sur le seuil tout s'agite,
Sur les bancs, sur la table, on court, se précipite;
Mais bientôt tout se place, et l'œil sur son devoir
Chacun attend le maître, et tremble de le voir...
Soudain la porte s'ouvre: un morne et long silence,
Même avant qu'il paraisse, annonce qu'il s'avance.
Il paraît à la fin ; et, soit qu'en ce moment
Son esprit fût troublé d'un noir pressentiment,
Ses traits sont plus hideux, son regard plus farouche;

Des mots entrecoupés s'échappent de sa bouche.

Il marche vers la chaire, et ce maître orgueilleux

Sur la troupe en passant jette un œil dédaigneux.

La classe alors commence : on écoute, on frissonne ;

Il reprend qui se trompe, il frappe qui raisonne.

Plus d'une main bientôt reçoit plus d'un affront ;

Nicaise, en récitant, se trouble, s'interrompt,

Observe le Régent, et, sachant ce qu'il ose,

Rassuré pour sa main, tremble pour autre chose.

Mais Furet, qui ne sait obliger à demi,

Prend son livre, se cache, et le souffle en ami ;

Et, le tirant ainsi d'un embarras funeste,

Pylade généreux, il sauve son Oreste !

Mais pour un de sauvé, combien furent punis !

Guillaume, Alain, Fanfan, Trouble-Classe, Denis,

Denis, enfant de chœur, et bien digne de l'être,

L'honneur de son lutrin, mais la honte du maître !

Le dévot écolier, humble dans ses douleurs,

Semblait offrir à Dieu ses *pensums* et ses pleurs...

Trouble-Classe, lui seul, en son affreux cynisme,

S'enorgueillit tout bas d'un triple *barbarisme*;

Il épie, il attend le moment d'éclater,

Il ne recule encor qu'afin de mieux sauter.

Ainsi, dans un buisson qui couvre son asile,

Siffle, s'enfle, se dresse un énorme reptile,

Quand sur le voyageur, qu'il regarde avancer,

L'ennemi venimeux s'apprête à s'élancer...

Tremble, orgueilleux Régent! si la gloire t'est chère,

Tremble!... un dieu te menace, et plane sur ta chaire!

Déjà par la Paresse à l'école conduit

Le Sommeil doucement se glisse, s'introduit.

Les momens sont venus... ta perte est conjurée:

Si tu fermes les yeux, ta honte est assurée!...

Mais que peut un mortel quand le sort a parlé?

Soudain le Régent bâille, et son œil s'est troublé;

Sa tête, tour à tour, retombe, se redresse,

Il lutte, il se débat, sous le dieu qui le presse,

Ouvre et ferme les yeux, s'indigne du repos.

Cependant le Sommeil redouble ses pavots :

Tels on voit deux lutteurs s'éviter ou s'attendre,

Se lever, se baisser, se quitter, se reprendre ;

Enfin le Magister, lassé d'un long effort,

Dans les bras du Sommeil se rejette et s'endort...

A l'aspect du Régent qui ronfle dans la chaire,

La Paresse frémit de joie et de colère.

L'encre souille ses yeux, son visage, ses doigts :

Elle a pris d'un élève et les traits et la voix,

Se mêle dans la foule, aborde Trouble-Classe,

Et tout bas, en ces mots, enflamme son audace :

« Eh bien ! fier écolier, qui seul dois aujourd'hui,

« Désarmant le Régent, nous affranchir de lui,

« Le Sommeil à ton bras le livre sans défense...

« D'où vient que cependant ton courage balance?

« Lâche ! si d'un pédant tu n'oses nous venger,

« N'oses-tu sans pâlir au moins l'envisager? »

Elle dit; et d'un œil où se peint l'artifice,

La Paresse l'observe et sourit de malice:

Mais le fier écolier, profondément blessé,

D'un pied muet soudain loin des bancs s'est glissé.

La haine du travail qui le pousse et l'enflamme,

Au dessus d'un mortel semble élever son ame:

Déjà, les bras tendus, les regards effarés,

De la chaire sans bruit il atteint les degrés.

Autour des bancs émus le silence redouble:

On l'excite du geste, on frémit, on se trouble.

Pour reculer d'un pas lui seul a trop de cœur;

Il se glisse, il s'avance, il monte... il est vainqueur.

Mais à peine en sa main la Férule conquise

Atteste le succès de sa fière entreprise,

Que lui-même tremblant pour sa témérité,

De la chaire à la porte il fuit épouvanté,

Il la pousse, il s'échappe, et chacun de sa place

Dans la rue, avec lui, s'élance sur sa trace.

C'est alors qu'au milieu des livres dispersés,

Des bancs avec fracas sur les bancs renversés,

La Paresse à grands cris échauffant le tapage,

Les pieds sur un Gradus [1], contemple son ouvrage ;

Et dans le même instant, où, d'un air furieux,

Le Magister à peine entr'ouvre deux gros yeux,

(Que n'ose point, ô ciel ! un élève en colère !)

Nicaise, s'échappant, lui montre... son derrière !...

Oh ! qui retracera ce réveil effrayant !

Le Magister se lève, il s'agite en criant,

Il frémit des excès de la troupe mutine ;

Le tabac à longs flots coule de sa narine ;

Il cherche la Férule, et ne retrouvant pas

L'instrument redouté que demande son bras,

Ce n'est plus un mortel, c'est un dieu, c'est un diable :

Ses poings à coups pressés font retentir la table ;

Il écume de rage, il court sur les fuyards,

Quand la fière Toinon se montre à ses regards,

[1] *Gradus ad Parnassum,* dictionnaire.

Toinon qui , par les nœuds d'un illustre hyménée ,
Aux destins d'un héros unit sa destinée ,
Lorsque entre vingt rivaux , le Magister vainqueur
Reçut avec Toinon une école et son cœur...

« Arrête , lui dit-elle ; ah ! quel est ce délire !
« Cher époux, si tu sors, tout le quartier va rire...
« Et je pourrais souffrir ce spectacle outrageant ,
« Moi, fille, tante, sœur, et femme de régent !
« Arrête !... » La Régente en ces mots le console ,
Le retient par le bras , le tire vers l'école :
Par son épouse en pleurs il se laisse entraîner ;
Il rentre , midi sonne , et tous deux... vont dîner.

Chant Troisième.

—◆—

Tandis que les destins, couronnant leur audace,

Livrent aux écoliers le sceptre de la classe,

Et, sur un front poudreux et ridé par le temps,

Flétrissent en un jour des lauriers de vingt ans,

L'orgueilleux Magister, plus grand dans l'infortune,

Oppose aux coups du sort une ame peu commune.

Respirant à la fin du fracas des combats,

Il dînait, étendu dans son fauteuil à bras;

Et la grave Toinon, cette fière Lucrèce,

Qui pour d'autres que lui jamais n'eut de faiblesse,

Admirait en silence, et d'un œil interdit,

Après une défaite, un si vaste appétit,

Lorsqu'enfin le héros, qu'un long repas accable,

S'endort, le nez en l'air, et les pieds sous la table...

Cependant la Régente, assise à son côté,

Frémit du coup affreux qu'un élève a porté;

Mais, songeant qu'un oison sauva le Capitole,

Elle se flatte encor du salut de l'école;

Et pleine d'un orgueil, qu'elle ne peut cacher,

Un grand projet l'entraîne... en sa chambre à coucher.

Là, près du lit d'hymen, à l'ombre du mystère,

S'ouvre un réduit paisible ignoré du vulgaire,

Où, devant un miroir, la Régente, aux beaux jours,

Surchargeant ses appas de gothiques atours,

Vient ensuite, au milieu d'une foule étonnée,

Briller au Luxembourg, gravement promenée.

Elle entre, et deux verroux dociles et discrets

Protègent à l'instant ses pudiques attraits...

Muse! tu vis alors les Grâces empressées,

Ranimer de son teint les roses effacées !

L'une ornait ses cheveux, l'autre broyait le fard ,

L'autre ajustait son voile , et riait à l'écart ,

Et bientôt , dans la rue , en longue robe blanche ,

Toinon étale aux yeux ses appas du dimanche...

On regarde , on s'étonne , on court de tout côté ;

Un éventail léger, dans ses mains agité ,

Appelle le zéphyr sur sa guimpe flottante :

Elle marche , et son port décèle une Régente...

Mais déjà vers le seuil d'un antique séjour,

Loin de l'œil des voisins, des passans et du jour,

Perçant la sombre horreur d'un corridor oblique,

Elle avance, elle aborde au fond de sa boutique

Le Menuisier Dubois, l'honneur de son métier,

Le plus ferme soutien des tables du quartier.

Sous le rabot léger qu'il repousse et ramène ,

Façonnant à grand bruit le tilleul et le chêne ,

Il disperse, en chantant, leurs débris dans les airs ,

Comme la neige vole au souffle des hivers...

La Régente, en entrant, s'incline, et le salue.

Le Menuisier galant se découvre à sa vue,

Et, plein d'étonnement à cet auguste aspect,

La main sur le rabot, s'écrie avec respect :

« O jour trois fois heureux ! quelle affaire soudaine,

« Régente, en ce moment, près de moi vous amène ?

« Parlez : ce bras fidèle, à vous plus qu'au régent,

« Fera tout pour vous seule, et rien pour son argent ! »

La Régente, qui voit le pouvoir de ses charmes,

D'un air grave, en ces mots, fait parler ses alarmes :

« Illustre Menuisier ! le sort veut qu'aujourd'hui

« De vos bontés pour moi j'éprouve encor l'appui ;

« Non qu'après tout j'implore une main secourable

« Pour les débris d'un banc, ou même d'une table,

« Non : un motif plus digne et de vous, et de nous,

« M'amène dans ces lieux, et presque à vos genoux...

« Hélas ! sous les *pensums* la Parèsse accablée,

« De l'école à jamais semblait s'être exilée,

« Et chacun, sous le joug obligé de ployer,

« Profitait d'un savoir qu'on ne peut trop payer ;

« Quand ce matin, ô jour de mémoire fatale !

« A peine le Régent dans la chaire s'étale,

« Qu'aux yeux des écoliers, autour des bancs assis ,

« Il sent d'un voile épais ses regards obscurcis.

« Le dirai-je !... il s'endort, et n'ouvre enfin la vue

« Qu'au bruit de mille cris dont la chaire est émue.

« Il regarde : ô fureur ! le crime est consommé...

« Tout fuit... par un élève un maître est désarmé !...

« Vous frémissez, Dubois !... ah ! je respire à peine !...

« Sans vous, sans votre bras, notre chute est certaine...

« Au nom de cette école, où , de tant de quartiers,

« Paris voit accourir un peuple d'écoliers,

« Où vous-même jadis, sous un joug salutaire,

« Prépariez vos destins, le nez sur la Grammaire,

« Si mes cris, si mes pleurs ne sont pas méprisés,

« Armez un Magister par qui seul... vous lisez ! »

Elle dit : sa douleur pour elle parle encore ,

Et semble commander, même alors qu'elle implore.

Et son sein, que la gaze en s'ouvrant laisse voir,

D'un mouvement plus prompt soulève son mouchoir...

Le Menuisier se trouble, et, d'une voix émue,

Cherchant à rassurer la Régente éperdue :

« Moi, dit-il, d'un refus vouloir vous offenser !

« Ah ! Régente, à vos pleurs peut-on rien refuser !

« Dissipez un effroi désormais ridicule ;

« Malheur aux écoliers ! vous aurez la Férule ;

« Vous l'aurez dès ce soir, telle, je vous promets ,

« Que Magister n'en vit et n'en verra jamais... »

Il la quitte à ces mots : il se hâte, il s'empresse ;

Son zèle accroît sa force, et double son adresse.

C'est en vain qu'une table, une armoire, un buffet,

De son art, avant tout, réclament le bienfait ,

Un intérêt plus grand, une œuvre moins vulgaire

Absorbe en ce moment son ame tout entière ;

Déjà le bois est prêt, la scie arme sa main,

Dans le chêne en criant elle s'ouvre un chemin;

L'air frémit, et bientôt, succédant à la scie,

Le rabot va, revient sur la planche adoucie.

La lime, aux dents de fer, mord le chêne à son tour;

Elle allonge le manche, arrondit le contour,

Donne à chaque partie et sa forme et sa grâce,

Sur l'ouvrage vingt fois passe encore et repasse;

Et l'Ouvrier bientôt voit naître sous ses mains

Ce sceptre, appui du maître, et l'effroi des mutins.

Des mutins cependant l'audace satisfaite,

Loin des regards du maître, insulte à sa défaite.

La Paresse à l'écart, sans bruit, sans appareil,

Au pied de la Sorbonne assemblait leur conseil.

A ce grave conseil marchent en diligence

Les chefs et les soldats, unis par la vengeance.

Là sont le fier Edouard, et Nicaise, et Furet,

Et l'invincible Alain, au combat toujours prêt...

Trouble-Classe, au milieu de leur foule guerrière,

Nouvel Agamemnon, lève sa tête altière ;

Il parle : on obéit ; ses avis sont des lois ,

Son empire... celui qu'exercent ses exploits.

A cette voix d'un chef qu'enflamme la Paresse ,

En cercle, autour de lui, chaque élève se presse ;

On se tait : on écoute ; et le jeune héros

Pousse un long cri de guerre et leur parle en ces mots :

« Compagnons généreux, qu'un pédant ridicule

« Accabla trop souvent du poids de sa Férule ,

« Le voilà donc ce jour si long-temps souhaité ,

« Ce jour de la vengeance et de la liberté !...

« Le ciel a secondé notre illustre entreprise :

« A qui défend sa main la révolte est permise.

« Que dis-je ?... elle est un droit, et ce n'est plus à nous

« A trembler sous un maître, à fléchir les genoux...

« Assez et trop long-temps notre humble obéissance

« De ce maître orgueilleux a nourri l'insolence ;

« Nos bras ont arraché le sceptre de sa main :

« Il nous faut des combats et non pas du latin...

« Allons : des rudimens que ce jour nous délivre !

« Déchirons, dispersons jusques au dernier livre...

« Déjà l'airain s'émeut..., la classe va sonner,

« C'est l'heure des combats, marchons sans frissonner,

« Marchons, fiers écoliers, et songez qu'à la guerre,

« Un grand cœur n'a rien fait tant qu'il lui reste à faire ! »

Il dit ; et l'assemblée à ce discours altier

De ses cris belliqueux remplit tout le quartier.

L'école en a tremblé, la Sorbonne est émue,

Et le passant surpris s'arrête dans la rue...

Un écolier lui seul, pâle, déconcerté,

Garde, assis à l'écart, un silence hébété ;

C'est Nicaise : ses traits disent son ignorance ;

Enfant de la Mollesse, il en a l'indolence,

Il a le corps fluet, le front plat, les bras longs,

Et ses bas en lambeaux traînent sur ses talons....

Tout à coup il se lève, il fait signe, on s'étonne :

Il demande à parler ; on rit, on l'environne.

« Amis ! dit le marmot d'un air triste et dolent,

« Ne vous souvient-il plus des fureurs de Ceinglant ?

« Mes doigts n'ont que trop bien appris à les connaître !

« Que peut un écolier qui résiste à son maître !

« En vain nous triomphons : tremblez que le vaincu

« Aux vainqueurs, dès ce soir, ne donne sur le cu...

« Hélas ! tel est du Sort le caprice ordinaire !

« On peut risquer sa main, mais risquer son derrière !...

« Y pensez-vous, amis?... ah ! plutôt, croyez-moi,

« Du tyran dans sa classe allons subir la loi,

« Tombons tous à ses pieds, rendons-lui la Férule,

« Et ne nous berçons plus d'un espoir ridicule. »

A ce conseil honteux, Trouble-Classe irrité
Ne retient plus sa rage en son cœur agité :

« Nicaise ! qu'as-tu dit ? écolier sans courage !

« Vil jouet de l'école, et né pour l'esclavage,

« Dont le poing fut toujours inhabile aux combats,

« Tu crains déjà l'honneur qui t'attend sur nos pas !...

« Fuis donc ; mais en fuyant, lâche , tu vas connaître

« Si le poing que tu vois sait bien rosser un traître !... »

Il dit ; et sur Nicaise il se jette à ces mots.

Le stupide écolier pâlit , courbe le dos ,

Et, ramenant soudain ses deux mains sur sa tête ,

Il échappe en hurlant aux coups de la tempête.

Il fuit... un ris moqueur s'élève en longs éclats.

On l'insulte, on le hue , on vole sur ses pas.

Mais quel bruit tout à coup, de sinistre présage ,

Arrête les marmots et glace leur courage ?

La cloche les appelle... et d'abord tout frémit.

Dans ses projets pourtant chacun se raffermit ,

Et sur les pas d'un chef, dont ils ont tous l'audace ,

Les mutins fièrement marchent droit à la classe.

Chant Quatrième.

CEPENDANT le Régent, plein du dieu des combats,

Farouche, et l'œil en feu, s'avançait à grands pas,

Et, foulant à ses pieds de trop justes alarmes,

Seul, courait aux mutins se présenter sans armes.

Tout à coup, le cœur ivre et d'espoir et d'orgueil,

La superbe Toinon l'aborde sur le seuil,

Et d'un air triomphant à ses yeux fait paraître

Le sceptre qu'en sa main Dubois vient de remettre...

Le Magister s'écrie, il s'élance, et d'abord

De l'instrument guerrier il s'arme avec transport;

Il le presse, il admire et son poids et sa forme,

Et sa large poignée, et sa surface énorme;

Et long-temps sur ce bois, pour lui seul façonné,
Attache avidement son regard étonné.

Disparaissez enfin devant une Férule,
O boucliers d'Enée, et d'Achille, et d'Hercule ! [1]
Chefs-d'œuvre tant vantés, vous êtes éclipsés ;
La main d'un Menuisier vous a tous surpassés !
Que dis-je un Menuisier?.. non, non : un dieu lui-même,
Le grand Dieu des Régens, pour ce héros qu'il aime,
Seul en secret forma cet ouvrage divin,
Et sous un vil mortel voulut cacher sa main....

« O dieu de mes aïeux, s'écrie enfin le maître,
« Quel profane à ce don pourrait te méconnaître !
« O faveur sans égale ! ô destins inouis !
« Ainsi Vénus obtint des armes pour son fils....
« Achève, dieu vengeur ! déjà l'école entière
« S'agite en frémissant, et menace ma chaire.

[1] Hésiode, bouclier d'Hercule.

« J'y cours...; que le rebelle, abattu sous mes coups ,

« Satisfasse en tombant à mon juste courroux ;

« Et qu'au seul bruit, ce soir, du crime et du supplice,

« Tout le quartier latin s'épouvante et frémisse. »

Il dit ; et, d'une main tenant son rudiment,

Il brandit sa Férule, il marche fièrement,

Et son feutre à longs bords, sur son front plein d'audace,

S'élève comme un casque en ombrageant sa face.

Et cependant le dieu qui, sous l'œil de nos rois ,

Sur le monde classique étend ses doctes lois ,

Qui, toujours l'œil ouvert lorsqu'un maître sommeille ,

Oiseau toujours caché, lui dit tout à l'oreille ,

Le grand Dieu des Régens , d'un air de gravité ,

Observait tout, du haut de l'Université...

Il voit ce fier Régent qu'au sortir de l'enfance

Lui-même, avec son sceptre, arma de sa puissance ;

Il le voit, et le dieu frémit des noirs complots

Dont la Paresse encor menace le héros.

Mais soudain, au milieu de l'école en silence ,

Vers la chaire à grands pas le voilà qui s'élance !

Il monte... Quel orgueil ! quel regard insultant !

La troupe sur les bancs se presse en tremblotant :

Il parle, tout frémit ; et le fier Trouble-Classe

Lui-même avec effroi dans son coin se ramasse.

« Téméraires ! dit-il , si mon bras mille fois ,

« Aux dépens de vos mains, fit respecter mes droits ,

« Redoutez plus encore, ou nommez le rebelle

« Qui porta sur son maître une main criminelle ,

« Et par pitié pour vous , ma vengeance aujourd'hui

« Peut encor vous absoudre et ne frapper que lui.

« Parlez ! » Mais chacun garde un généreux silence.

« Obéissez, vous dis-je, ou craignez ma vengeance !...

« Vous vous taisez !... hé bien ! traîtres, attendez-moi...

« Voyons si jusqu'au bout vous braverez ma loi... »

Il dit, vole et s'élance avec des cris de rage ;

Son bras le long des bancs s'ouvre un large passage.

Mais déjà, loin des bancs, l'escadron des marmots,

Voyant qu'il faut combattre ou livrer son héros,

A soutenir le choc en tumulte s'apprête :

Leur chef donne l'exemple; il se place à leur tête.

On se mêle, on combat; les livres sont lancés,

L'encre coule à longs flots des encriers cassés ;

La Paresse en grondant sur la chaire se lève ,

Vole de place en place, et d'élève en élève ;

Se révèle aux mutins, redouble leurs transports ,

Vers l'ennemi commun dirige leurs efforts.

Tout répond à sa voix : on avance, on recule;

Le Magister au nombre oppose la Férule ;

Et la poudre des bancs qui s'élève à l'entour

Monte en épais nuage, et fait pâlir le Jour...

O Muse ! je frémis, et mon ame troublée

Ne distingue plus rien au fort de la mêlée...

Ah ! soutiens mon courage, et dis quel écolier,

Entre tant de héros, s'illustra le premier !

Ce fut toi, fier Alain, toi l'horreur de ton Maître ,

L'ami de Trouble-Classe, et son égal peut-être !

Ce fut toi dont le poing, par un exploit nouveau ,

Du régent sous tes pieds fit rouler le chapeau...

Le régent sans chapeau , mais non pas sans courage ,

Se retourne enflammé de dépit et de rage ;

Il s'élance , et d'un coup , hélas ! trop malheureux

Renverse contre un banc ce guerrier généreux...

N'en rougis pas, Alain ! un chute si belle

Rehausse encor l'éclat de ta gloire immortelle ;

Hector ainsi tomba sous le fils de Thétis :

Mais il fuyait Achille , et toi tu l'attendis...

Sur l'écolier vaincu le Maître encor s'avance :

Pour détourner ses coups Trouble-Classe s'élance ;

Il vole à son ami, le relève à l'instant ,

De son corps tout entier le couvre en combattant.

Près du héros se range une troupe d'élite ;

Tous jurent de mourir, ou de vaincre à sa suite...

Cependant Trouble-Classe, au plus fort du combat,

Joint les vertus d'un chef à l'ardeur d'un soldat,

Va, vient, dirige tout, partout se multiplie,

Rend l'audace aux vaincus, d'un coup-d'œil les rallie;

A l'un promet vengeance, à l'autre un doux loisir;

A tous la liberté, l'objet de leur désir;

Et, soutenu des siens, jusqu'au pied de la chaire

Repousse en frémissant son farouche adversaire...

Là, tout ce que la guerre étale de fureur

De ce combat affreux redouble encor l'horreur.

On frappe, on est frappé : mille cris se confondent,

Les échos de la classe, en grondant, se répondent ;

On dirait que le ciel, et la terre, et les flots,

Et le quartier latin... rentrent dans le chaos.

Partout même fureur, partout égale audace :

Un guerrier tombe, un autre à l'instant prend sa place;

Le Régent malheureux, pressé de toute part,

Rassemble en vain sa force, et combat au hasard.

Il cédait : et ce jour de revers et de gloire

Voyait tomber sa chaire et périr sa mémoire ;

Mais le Dieu des Régens, qui veille sur ses jours,

Ne permet pas sa chute, et vole à son secours...

Le héros, soutenu par un bras invisible,

Se redresse à l'instant, plus fier et plus terrible ;

Il s'indigne, il s'écrie, et sa voix dans les airs

Gronde comme un tonnerre au milieu des éclairs...

A ce cri belliqueux le plus hardi s'étonne ;

Le maître à son courroux tout entier s'abandonne ;

Il enfonce les rangs, presse, frappe, poursuit :

Sous la Férule alors tout s'écarte, tout fuit ;

Les écoliers tremblans s'entrechoquent, se foulent,

Et tombent, en fuyant, sous les bancs qui s'écroulent..

Ah ! de la Renommée eussé-je les cent voix,

Comment redire encore et chanter tant d'exploits !

Rappellerai-je Alain, ce jeune téméraire,

Traîné, nouvel Hector, à l'entour de la chaire ;

Et Guillaume et Simon, tour à tour moissonnés,

Perdant, avec leur sang, leurs forces par le nez ;

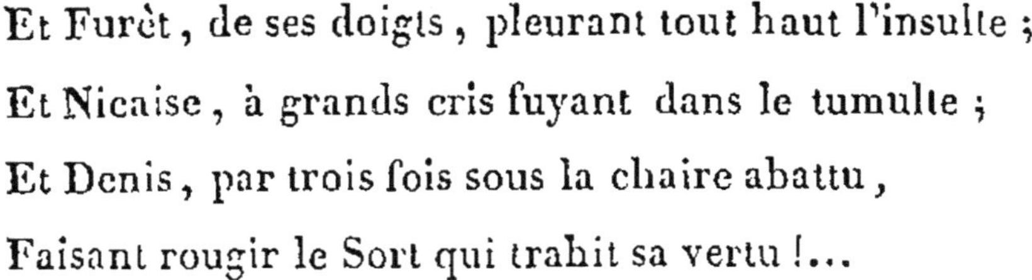

Et Furèt, de ses doigts, pleurant tout haut l'insulte ;

Et Nicaise, à grands cris fuyant dans le tumulte ;

Et Denis, par trois fois sous la chaire abattu,

Faisant rougir le Sort qui trahit sa vertu !...

Dois-je oublier surtout ton horrible disgrace,

O toi, joli Fanfan, l'Adonis de la classe !

Le voyez-vous fléchir ses genoux délicats ?...

Au Régent qui s'élance il tend ses petits bras,

Il pleure... mais, hélas ! ni ses douces paroles,

Ni ses cheveux bouclés tombant sur ses épaules,

Ni cet air si charmant dans sa naïveté,

Rien n'arrête un vainqueur au carnage excité ;

Il frappe... l'enfant tombe, et fermant sa paupière,

Il la soulève encore et demande sa mère...

Infortuné ! combien, au bruit de tes malheurs,

Les mamans sur ton sort vont répandre de pleurs !

Trouble-Classe, dès lors cédant à la tempête,

Vers la porte, à pas lents, se replie et s'arrête ;

Et là, seul, et des siens cherchant en vain l'appui,
Il voit l'affreux Régent qui marche droit à lui...
Pour la première fois, il s'étonne, il hésite :
Doit-il vaincre ou mourir, ou songer à la fuite,
Et de sa gloire ainsi flétrir le souvenir ?
Lui !.. que dirait l'école, et surtout l'Avenir !
L'honneur enfin l'emporte ; il rougit de lui-même,
Il trépigne de rage, il s'excite, il blasphème :

« Viens, Régent, criait-il, laisse là ton latin.
« Combattons : c'est à nous à fixer le Destin ! »

Et fier, et menaçant, au combat il s'apprête,
Et son toupet altier s'est dressé sur sa tête.

Le Régent le regarde avec un rire affreux...
On frémit, on s'écarte, on se range autour d'eux :
L'un, comme un fier géant dans l'arène s'avance ;
L'autre, vif et léger, court, bondit et s'élance.
Déjà pied contre pied, la Férule à la main,

Vers le nez l'un de l'autre ils cherchent un chemin.

La Férule, en tout sens, promène la tempête,

S'alonge sur leur dos, ou siffle sur leur tête :

On se cherche, on s'évite, on se trompe avec art ;

Jamais un coup ne vole et ne frappe au hasard.

Le sang tombe des nez, la dent éclate et crie :

L'écolier plus fougueux redouble de furie,

Et, visant son rival, vers le sommet du front

Enlève, et fait sauter sa perruque au plafond.

Les airs sont obscurcis d'un nuage de poudre...

Le Magister pelé, mais plus prompt que la foudre,

Presse, frappe à son tour son ennemi surpris :

Le rebelle s'échappe et fuit avec des cris ;

Et, toujours poursuivi, de la porte à la chaire

Vole, et revient vingt fois d'une course légère.

Enfin, tout hors d'haleine et de sang dégouttant,

Il s'arrête, il combat, il tombe en combattant :

Il tombe, et toutefois l'audacieux élève

Sur une fesse encor fièrement se relève...

Vains efforts! il chancelle, il retombe, et soudain

La Férule à grand bruit échappe de sa main...

Alors, d'un cri d'horreur tous les bancs retentissent,

Tous les fronts sont baissés, tous les genoux fléchissent,

Le Magister triomphe ; et la Paresse, en pleurs,

Loin de lui, va cacher sa honte et ses douleurs.

L'ENFANT PRODIGUE,

Poëme,

4

L'ENFANT PRODIGUE,

Poëme.

Un homme avait deux fils : leurs vertus pastorales

Rappelaient du vieux temps les mœurs patriarchales ;

Le travail, de leur seuil écartait le besoin :

Secourir l'indigence était leur premier soin.

Toujours des voyageurs accueillant la prière,

Le vieillard leur ouvrait sa porte hospitalière,

Et content de son sort et des bienfaits du Ciel,

Entre ses deux enfans il louait l'Eternel.

L'aîné guidant le soc, fertilisait la terre,

Et livrait aux sillons la graine nourricière

Que l'été dans les champs voit flotter en épis.

L'autre, de leur vieux père avait soin au logis.

C'est lui qui, le matin, plaçait dans la corbeille

Les jeunes fruits mûris au soleil de la veille.

Lui seul aux serviteurs partageait les travaux ;

Lui seul veillait encor sur les riches troupeaux

Dont la foule bêlante au loin couvrait la plaine :

Mais depuis quelque temps une secrète peine

Semblait troubler sa vie et resserrer son cœur.

Son front décoloré, son air triste et rêveur,

Ne pouvaient échapper à l'œil perçant d'un père ;

Et le vieillard voulut connaître ce mystère.

C'était un soir d'été : le doux parfum des champs

Montait vers l'Eternel ainsi qu'un pur encens ;

Un palmier sur leur tête inclinait son feuillage ;

Le vieillard à son fils alors tient ce langage :

O mon fils , quelle est donc cette sombre douleur ?

Mon fils , ton père a droit de lire dans ton cœur.

— Mon père , je ne sais ; mais mon ame flétrie

Ne porte qu'à regret le fardeau de la vie.

— A ton âge la vie a-t-elle rien d'affreux ?

— Que vous dirai-je , hélas ! je ne suis plus heureux.

— Quoi ! tu n'es plus heureux auprès de ton vieux père ?

— Le soir, quand le Sommeil a touché ma paupière,

Des songes de la Nuit l'effet mystérieux

M'offre un pays charmant où tout rit à mes yeux ;

Il me semble qu'alors, vers la rive lointaine,

Un génie, ô mon père, et m'appelle et m'entraine…

— Ah ! mon fils, ce n'est pas de ces songes heureux

Que l'Éternel envoit à l'homme vertueux :

Repousse, au nom du Ciel, cette funeste image.

— Mon père, c'en est fait, il faut que je voyage.

— Quoi ! mon fils, tu veux donc te séparer de nous ?

— Je reviendrai, mon père, et plus digne de vous.

— Va, l'enfant qui renonce aux lieux de son enfance,

N'y revient plus, mon fils, avec son innocence.

— Bénissez-moi, mon père, et me laissez partir.

— Ingrat ! mes cheveux blancs devraient te retenir…

Mais viens ; viens recevoir ta part de l'héritage.

Il rentre avec son fils : on hâte le partage ;

Et l'aube n'avait pas deux fois blanchi les cieux,

Que déjà du vieillard, recevant les adieux,

L'enfant s'éloigne ; et seul , de contrée en contrée ,

Promenant au hasard sa jeunesse égarée ,

Il arrive en un lieu , doux séjour des loisirs ,

Où, parmi les festins , les jeux et les plaisirs ,

Goûtant des voluptés les délices amères ,

Il dissipa le fruit du labeur de ses pères ,

Et pauvre , et gémissant, sans appui , sans secours ,

Comme une ombre légère il voit fuir ses beaux jours ;

Et, pour dernier malheur, une horrible famine

Ravageant le pays, vient combler sa ruine...

Alors, loin des cités, d'un fermier des hameaux ,

Humble pâtre, il garda les immondes troupeaux :

Trop heureux quand sa faim dévorait sur leur trace

Quelques glands échappés à leur gosier vorace...

Enfin il vit sa faute , il pleura ses erreurs.

« Hélas ! s'écriait-il , combien de serviteurs

« Au logis paternel vivent dans l'abondance !

« Et moi , je meurs ici de faim et de souffrance.

« Ah ! j'irai de mon père embrasser les genoux.

« Je dirai : J'ai péché contre le Ciel, et vous,

« Mon père ; et votre fils , trop indigne de grace,

« Parmi vos serviteurs vous demande une place... »

Il part donc : il arrive, il revoit son pays.

Son vieux père, de loin, a reconnu son fils ;

Il pleure, il court à lui, dans ses bras il le serre.

Le fils tombe à ses pieds , et lui dit : « O mon père !

« Mon père! j'ai péché contre le Ciel et vous ,

« Je ne mérite pas d'embrasser vos genoux. »

Mais le père , appelant un serviteur fidèle,

Lui dit : « Allez choisir la robe la plus belle ,

« Revêtez-en mon fils ; et puis, pour le repas ,

« Allez chercher encore, et tuez le veau gras :

« Mangeons , faisons festin ; allez, que tout s'apprête ,

« Et courez inviter nos amis à la fête :

« Car mon fils était mort ; il vit , il est sauvé.

« J'avais perdu mon fils , et je l'ai retrouvé. »

Il dit, et tout s'empresse ; et voilà que sur l'heure

L'autre fils à pas lents regagnant la demeure,

Entend un bruit de voix, des concerts et des ris,

Et demande en entrant le sujet de ces cris.

Un serviteur répond : « Entrez, c'est votre frère,

« Que ramène au logis un repentir sincère ;

« Et votre père, heureux de le voir en santé,

« A tué le veau gras, et veut qu'il soit fêté. »

Mais lui sort à ces mots, plein de rage et d'envie.

Son père en vain l'appelle, et le presse et le prie.

« C'est moi, répond le fils, moi seul, qui dès long-temps,

« Au prix de mes sueurs, fertilise vos champs.

« Enfant toujours soumis aux volontés d'un père,

« Le plus doux de mes soins fut toujours de vous plaire ;

« Et cependant jamais vous ne m'avez permis

« D'immoler un chevreau pour fêter mes amis.

« Mais à peine ce fils, dont la folle jeunesse

« Dissipa loin de vous, son bien dans la mollesse,

« Revient, pauvre et honteux, se jeter dans vos bras,

« Vous ordonnez la fête, et tuez le veau gras. »

— « Mon fils, dit le vieillard, qu'une injuste colère

« Aveugle moins ton cœur sur l'amitié d'un père.

« Vivant dans ce logis, et toujours avec moi,

« Tout ce que j'ai, mon fils, tu le sais, est à toi,

« Et tu rends ma vieillesse et douce et fortunée ;

« Mais il fallait fêter cette heureuse journée :

« Car ton frère était mort ; il vit, il est sauvé.

« J'avais perdu ton frère, et je l'ai retrouvé... »

POÉSIES DIVERSES.

AUX MANES

DE

LORD BYRON.

Permets qu'une Muse ignorée
Approche de ton monument,
Toi, dont la mort est illustrée
Par le plus noble dévoûment ;
Toi, dont la vertu magnanime
Aurait fléchi l'arrêt du Sort,
Si la vertu la plus sublime
Pouvait affranchir de la mort !

Les Muses ont voilé leur lyre
Du crêpe aux lugubres couleurs,

Et tandis que leur voix soupire
Le chant funèbre des douleurs,
L'Europe entière gémissante
Redit ton nom avec orgueil,
Et la Grèce reconnaissante
S'incline devant ton cercueil...

Hélas ! à ton heure dernière,
Par un triste et dernier effort,
Ouvrant à peine à la lumière
Tes yeux, où descendait la mort,
Ta voix, sous le mal qui l'oppresse,
Formait encore un faible son,
Et de ta fille, et de la Grèce,
Murmurait tout bas le doux nom.

Infortuné ! si jeune encore,
Quand la mort t'arrache à leurs vœux,
S'il faut que la tombe dévore
Ce cœur brûlant et généreux,

Oh ! vois , sous la voûte éternelle ,

Les martyrs de la liberté

Tresser ta couronne immortelle

Et t'appeler à leur côté !...

A cette foule triomphante ,

Ombre illustre , va te mêler !

Comme eux , ton ame indépendante

A vu la mort sans s'ébranler ;

Et tes vers , dictés pour la gloire ,

Gravés dans notre souvenir,

Porteront au loin ta mémoire

Parmi les siècles à venir...

L'ORPHELIN,

FABLE,

Au Docteur B..., mon Ami.

Un bon linot, soigneux, ayant du bien
En beau millet, surtout ne devant rien,
Près du hameau, sur la branche fleurie
Qui le vit naître, et qui le voit mourir,
Tout doucement avait fini sa vie
Ab intestat, laissant pour recueillir
Son patrimoine, et vivre en oiseau sage,
Un fils unique, hélas! pauvre petit,
Sans plume encore, et blotti dans son nid!
Les scellés mis, de crainte qu'on ne pille
Les biens du mort, un conseil de famille

Est convoqué pour nommer un tuteur

Dans l'intérêt, pour le bien du mineur.

Or les parens, tous linots fort honnêtes,

Mais n'y voyant qu'aussi loin que leur bec,

Crurent fort bien s'en tirer pour des bêtes,

Et pour l'enfant prévenir tout échec,

En lui nommant pour tuteur et pour guide

Un vieux linot, hypocrite et perfide,

A s'enrichir appliquant tout ses soins,

Parlant fort peu, mais n'en pensant pas moins.

Le voilà donc tuteur, sur sa parole

D'oiseau de bien. Cependant le petit

Déjà revêt sa plume douce et molle :

N'osant sortir, il rampe au bord du nid,

Puis va plus loin, puis encor s'enhardit,

Et, d'arbre en arbre, il saute, il chante, il vole,

Puis devient grand, et puis enfin majeur.

De compte point : et l'honnête tuteur

Tout doucement le flatte, le cajole

Pour l'endormir, et doucement le vole.

Un jour enfin, entrant chez son parent,

Le pauvre oiseau, confus, baissant la tête,

Au vieux linot présente sa requête.

« Oncle, dit-il, voyez, me voilà grand... »

Et là dessus il se trouble et s'arrête.

« J'entends, mon fils, répond d'un air sournois

Le bon apôtre adoucissant la voix,

« Tu veux régler? c'est chose naturelle.

« J'ai tenu prêt mon compte de tutelle ;

« Ton père, enfant, te laissa peu de bien,

« J'en suis fâché. Tiens, voici tes dépenses.

« Tant pour l'école, et tant pour l'entretien :

« Quant à mes soins, je ne réclame rien ;

« Mais je retiens ton nid pour mes avances. »

Qui fut surpris? las! ce fut le pauvret!

Hé quoi! celui qu'il aima comme un père

Le trompe donc, le dépouille en secret!...

A ce penser, tout son cœur se resserre,

Et quelques pleurs ont coulé de ses yeux.

Fallut céder, fallut quitter ces lieux,

Ces lieux chéris, berceau de son jeune âge :

Non sans gémir il leur fait ses adieux ;

Et dès ce jour, de bocage en bocage ,

Il erre, il vole, il s'enfuit sans retour,

Triste, et le cœur flétri par l'injustice...

Ah ! que le ciel, désormais plus propice,

Le garde au moins de l'ongle du vautour !...

Et vous, ami, qui, d'un hymen prospère,

Goûtez enfin la charmante douceur,

Qu'un fils bientôt dans les bras de sa mère,

Et sous vos yeux, croisse pour le bonheur ;

Mais, si le ciel le privait de son père,

Qu'il soit, hélas ! plus heureux en tuteur !

L'Hymen

DU

ZÉPHIR ET DE LA ROSE.

Voyez, au doux soleil de juin,
La Rose naissante et timide,
Et de rosée encore humide,
S'unir au Zéphyr du matin.
Fille des nuits et de l'aurore,
Elle a vu son riant bouton,
De sa tunique, vierge encore,
Percer la jalouse prison.
Le sang d'Adonis la colore ;
Vénus sourit de son éclat ;
Zéphyr auprès d'elle voltige,
Balance mollement sa tige

Et rafraîchit son incarnat.

Voyez, de sa verte tunique
La Rose sort en rougissant ;
Déjà sa ceinture pudique
S'ouvre aux baisers de son amant.
Mais, hélas ! la Rose fleurie,
Touchante image d'une vie
Qui succombe au sein du plaisir,
Le soir, languissante et flétrie,
S'effeuille aux baisers du Zéphyr !...

L'Attente.

Je l'attendais hier, et ne l'ai point revue ;
La reverrai-je au moins ce soir !
Ah ! loin d'elle bientôt, ma raison abattue
Lutterait vainement contre mon désespoir !
Je l'attendais hier ; elle n'est point venue ;
Ne dois-je plus la voir !...

Qui peut la retenir ? quoi ! les jours de l'absence,
D'un poids moins accablant chargeraient-ils son cœur ?
Sur les autels de l'Inconstance
Aurait-elle abjuré les jours de mon bonheur ?
M'aurait-elle oublié ?... quoi ! tu serais légère !...
O dieux ! voilà donc le salaire

Que tu gardais à ma candeur!...

Va, je rougis de ma défaite,

Perfide! laisse-moi. Ne viens pas dans ces lieux

Traîner avec orgueil ta nouvelle conquête,

Ou crains d'y rencontrer mes yeux...

Qu'ai-je dit?... ah! pardon! ma raison éperdue

Repousse ces transports jaloux....

Chère amante! pardon! je suis à tes genoux...

Hélas! je souffre tant, éloigné de ta vue!

Si tu partages mon tourment,

Si l'amour a pour toi toujours les mêmes charmes,

Si ton œil quelquefois laisse échapper des larmes

Au souvenir de ton amant,

Chère amante! dis-moi, pourquoi ne pas m'écrire

Que tu n'as pu venir, que ton cœur en soupire...

Tu souffrais en partant... ah! mortel désespoir!...

Sur le lit des douleurs, tu languis, retenue...

Je l'attendais hier, et ne l'ai point revue...

La reverrai-je au moins ce soir!

Le Dernier Chant

DU

POËNE MOURATT.

« ADIEU, ma douce Virginie!
« La mort d'un voile sombre a couvert mes beaux jours;
« Sous le cyprès de la mélancolie
« Viens effeuiller le myrte des amours.

« Le lis, qu'un matin fit éclore,
« Près de la rose, hélas! n'a brillé qu'un matin;
« Et, près de toi, si jeune encore,
« Ton amant touche à son déclin.

« Ton amant!... ah! si l'espérance
« N'eût trompé dès long-temps son désir le plus doux,

« Mourant à son adolescence,

« Il mourrait du moins ton époux.

« Mais non ; j'ai passé sur la terre

« Comme le vent du soir qui fuit sous le vallon ;

« Et mon amante solitaire

« N'a point hérité de mon nom.

« Adieu, ma douce Virginie !

« La mort d'un voile sombre a couvert mes beaux jours ;

« Sous le cyprès de la mélancolie

« Viens effeuiller le myrte des amours. »

Ainsi chantait Edmond, qu'un mal secret dévore...

C'était le chant du cygne à son dernier moment :

Et la troisième aurore

Vint éclairer le triste monument

Où Virginie, hélas ! sous le noir sycomore,

Rose d'un jour, a rejoint son amant.

———

Le Précipice,

OU

LA CHÈVRE PERDUE,

IDYLLE DANS LE GOUT DE GESNER.

———◆———

« Frais zéphyr du matin, qui de ces jeunes frênes,
« Fais mouvoir à ton gré les ombres incertaines,
« Qui vas semant dans l'air les doux parfums du thym,
« Ne quitte pas ces lieux, frais zéphyr du matin,
« Ne quitte pas ces fleurs que l'aurore a fait naître ;
« J'attends ici Doris, ma Doris va paraître :
« Et vous, doux rossignols, dont la brillante voix
« Annonce au loin le jour, aux bergers de nos bois,
« Vous qui peuplez l'abri de ce dôme champêtre,
« Doux rossignols, chantez… ma Doris va paraître ! »

Ainsi , le jeune Hylas, aux premiers feux du jour,

Sous des berceaux de fleurs, soupirait son amour,

Hylas, le plus heureux des bergers du village;

Et mollement couché sur un lit de feuillage,

Il attendait Doris; et l'écho du vallon

Dans les airs après lui murmurait ce doux nom.

« Tous nos bergers l'ont dit : ma bergère est charmante.

« Mais aussi que Doris est douce et bienfaisante!..

« Là-bas, vers le sommet de ces rochers lointains,

« Où du sein des buissons s'élèvent quelques pins,

« Le petit Alexis, sur sa flûte légère,

« Appelait les échos de ce mont solitaire,

« Et ses chèvres, au loin, broutaient dans les buissons

« La mousse des rochers ou de maigres gazons :

« Tout à coup, vers ce roc, que la ronce hérisse,

« L'une roule en bêlant au fond d'un précipice...

« L'enfant accourt : penché sur le bord du ravin,

« Il appelait sa chèvre, et l'appelait en vain ;

« Et tout baigné des pleurs qui voilaient sa paupière :

« Hélas ! s'écriait-il, que va dire ma mère !

« Ce matin, ô douleur ! ma mère, en m'embrassant,

« M'a dit : Sur le troupeau veille bien, mon enfant...

« Et voilà que je perds sa chèvre la plus belle.

« Ah ! comment au hameau m'en retourner sans elle !..

« Et pâle et hors d'haleine, Alexis, à ces mots,

« Poussait des cris aigus, suivis de longs sanglots.

« Doris, en ce moment, vers les rives prochaines

« Abreuvait ses troupeaux à l'ombre des grands chênes.

« Elle aperçoit l'enfant, debout sur le rocher ;

« D'Alexis aussitôt je la vis s'approcher,

« Et ma Doris lui dit de sa bouche vermeille :

« Alexis, cette chèvre à la tienne est pareille ;

« Qu'elle se mêle donc à ton petit troupeau,

« Et qu'avec toi, ce soir, elle rentre au hameau.

« L'enfant pleurait de joie, et la douce bergère

« Essuyait, en riant, son humide paupière...

« Mais la voilà qui sort de ces berceaux fleuris ;

« Elle s'avance enfin , mon aimable Doris...

« Comme elle me sourit! comme autour de sa joue

« Flottent ses noirs cheveux où le zéphyr se joue!

« O moment plein d'ivresse! ô trop heureux Hylas!

« Doux rossignols, chantez...Doris est dans mes bras. »

TRADUCTIONS.

 ers

SUR LA MORT DU MOINEAU

DE LESBIE.

(TRADUCTION DE CATULLE.)

Pleurez , Grâces ! pleurez , Amours !
Le moineau chéri de Lesbie,
Le moineau de ma tendre amie ,
Hélas ! il a fini ses jours !...

Qu'il était doux ! qu'il savait plaire !
Plus que ses yeux elle l'aimait :
Enfant connut-il mieux sa mère ?
Sur son beau sein il s'endormait...

6

Si quelquefois, loin de ma belle,
A droite, à gauche, il sautillait,
Soudain, en revenant près d'elle,
Le petit rusé gazouillait.

Hélas! et voilà que son ombre,
O plainte, ô regrets superflus!
Descend vers le rivage sombre,
D'où nul, dit-on, ne revient plus.

Maudit soit l'Achéron avare
Qui ne respecte rien de beau!
Maudit soit le destin barbare
Qui nous ravit si bel oiseau!

Trépas funeste! ombre chérie
Du triste objet de nos douleurs,
Vous êtes cause que Lesbie
A les yeux tout mouillés de pleurs.

D'UNE PETITE CHIENNE.

(IMITATION DE MARTIAL.)

Plus folâtre que le moineau
Pleuré par l'amant de Lesbie,
Zémire est aussi plus chérie ;
Plus aimante qu'un tourtereau,
Plus chaste qu'une jeune fille,
Zémire est aussi plus gentille ;
Plus chère enfin que les trésors
Que l'Inde étale sur ses bords,
Zémire est la petite chienne,
Les délices de Célimène,

Et le présent de son amant.

Se plaint-elle? on dirait vraiment

Qu'elle parle alors qu'elle aboie :

Elle est sensible à notre joie,

Elle sait bien nous consoler ;

Et, sa tête sous son oreille ,

L'aimable petite sommeille

Sans que nous l'entendions souffler.

Jamais elle n'eut la faiblesse

De souiller le moindre tapis ;

Mais si quelque besoin la presse,

Elle jette de petits cris ;

De sa patte, qui nous caresse .

Elle fait signe, elle avertit

Qu'on la descende de son lit ;

Puis vers la porte se retire...

Tant est propre notre Zémire !

Amour, ce doux tyran du cœur,

Sur elle encor n'a point d'empire,

Et nous ne pouvons entre nous,

Pour une si petite fille,

Si délicate, si gentille,

Trouver une assez digne époux.

CATULLE

(TRADUCTION DE CATULLE.)

Vivons, ma charmante maîtresse,
Suivons nos amoureux désirs,
Et laissons la froide vieillesse
Déclamer contre nos plaisirs.

Le jour s'éteint, et se ranime :
Mais nous, si du jour qui nous luit
Le flambeau rapide s'abîme,
C'est dans une éternelle nuit...

Donne, à mes vœux toujours docile,
Mille baisers à ton amant,
Ensuite cent, puis encor mille,
Puis mille encor, puis encor cent...

Brouillons-les si bien, ma Lesbie,
A force de les répéter,
Que l'œil sinistre de l'Envie
Désespère de les compter.

CATULLE

Pauvre Catulle, à la sagesse
Immole aujourd'hui ton amour,
Sans vouloir ressaisir sans cesse
Ce qui t'échappe sans retour.

Ils ont fui ces jours de folie,
Et ces aimables rendez-vous,
Où des belles la plus chérie
Te revoyait à ses genoux;

Où son regard folâtre et tendre
Des feux les plus doux t'embrasait;

Où son embarras laissait prendre
Ce que sa bouche refusait.

Ils ont fui ces jours sans nuage !
Lesbie, hélas ! ne t'aime plus...
Catulle, imite la volage ,
Brise des nœuds qu'elle a rompus...

Oui, ne t'obstine plus à suivre
Celle qui cherche à t'éviter ;
Dès ce jour recommence à vivre,
Heureux enfin de la quitter.

Qu'un froid mépris venge l'injure
De ses dédains, de ses refus...
Adieu, Lesbie, adieu parjure !
Non, Catulle ne t'aime plus...

Catulle veut te méconnaître :
Son cœur renonce à tes bontés...

Tu les regretteras peut-être
Mes tendres importunités...

Ah ! ne vois-tu pas, infidelle,
Quel avenir s'ouvre pour toi !
Aux yeux de qui seras-tu belle ?
Qui voudra compter sur ta foi ?

De qui te diras-tu chérie ?
Quel amant fixera tes vœux ?
Qui savourera l'ambroisie
De tes baisers voluptueux ?

Alors enfin de mes caresses
Tu reconnaîtras tout le prix ;
Mais Catulle que tu délaisses
N'aura pour toi que du mépris.

LE DIEU

(TRADUCTION DE CATULLE.)

ENFANS, vous voyez mon image
Qu'une main grossière et sans art
Du tronc d'un chêne sans feuillage
N'a fait qu'ébaucher au hasard.

C'est moi qui garde la chaumière
Dont ces glaïeuls, près de ces eaux,
Forment la toiture légère,
Entrelacés à des roseaux.

Grâce à moi, cet enclos champêtre
Tous les ans s'agrandit un peu ;

Car je suis honoré du maître,
Qui me révère comme un dieu.

Sa main vigilante s'applique,
Par des soins toujours assidus,
A purger mon temple rustique
D'herbe et de ronce aux dards aigus.

Le fils, bien digne d'un tel père,
Libéral en sa pauvreté,
Toujours d'un tribut volontaire
Honore ma divinité.

Sa main d'une fraîche guirlande
Couronne ma tête au printemps ;
En été, c'est une autre offrande,
C'est l'épi des blés verdoyans.

Il y joint la riche anémone,
Le narcisse au rouge animé ;

Je reçois de plus en automne
La pomme au duvet parfumé,

Et la courge pâle et nouvelle,
Et la grappe dont le fruit verd
Noircit sous l'ombre paternelle
Du pampre dont il est couvert.

Souvent la chèvre pétulante,
(Ah ! de grâce qu'on soit discret)
Le bouc à la corne naissante,
Me sont immolés en secret.

Pour les bienfaits d'un si bon maître,
Priape au moins doit protéger
Sa vigne, son enclos champêtre
Ainsi que son petit verger.

Enfans, renoncez donc, de grâce,
A faire ici quelque larcin,

Suivez par là, voilà la trace

Qui conduit au champ du voisin.

Il est plus riche que mon maître,

Et son Priape négligent

Sur vos larcins pourra peut-être

Fermer un œil plus indulgent.

FIN.

ÉGLOGUES

DE

VIRGILE.

TRADUCTION

DE TROIS ÉGLOGUES

DE VIRGILE.

ÉGLOGUE I.

Tityre et Mélibée.

MÉLIBÉE.

O Tityre, couché sous l'abri de ce hêtre,
Tu médites un air sur la flûte champêtre :
Et nous, de la patrie exilés sans retour,
Nous désertons ces bords si doux à notre amour;
Nous fuyons la patrie, et, couché sous l'ombrage,
Du nom d'Amaryllis tu charmes ce bocage.

TITYRE.

O Mélibée, un dieu nous a fait ces beaux jours :
Oui, c'est un dieu pour nous, il le sera toujours.
Le sang d'un bel agneau nourri sous ma chaumière
Souvent de son autel arrosera la pierre.
Tu vois, il laisse errer mes bœufs sur ces gazons,
Il laisse à mes pipeaux le choix de mes chansons.

MÉLIBÉE.

Je ne suis point jaloux, mais ce repos m'étonne,
Parmi le trouble affreux dont l'horreur m'environne.
Moi-même loin d'ici, Tityre, tu le voi,
Je chasse tristement ces chèvres devant moi :
Celle-ci marche à peine, et sur la roche nue,
Qui vers ces coudriers se dérobe à la vue,
Elle délaisse, hélas ! l'espoir de mon bercail :
Deux jumeaux mis au jour après un long travail !
Aveugle que j'étais ! quand souvent, par la foudre,
Le chêne près de moi tombait réduit en poudre ;

Quand du creux d'une yeuse un corbeau croassait,

Qui n'eût prévu les maux que le ciel m'annonçait!

Mais ce dieu, cependant, quel est-il, ô Tityre?

TITYRE.

Cette Rome fameuse, ami, je dois le dire,

Et je rougis encor de ma simplicité,

Je la croyais pareille à notre humble cité

Qui reçoit nos agneaux arrachés à leurs mères.

Ainsi je comparais, errant près des chaumières,

Les chiens à leurs petits, la chèvre à ses chevreaux;

Ainsi je rapprochais des objets inégaux;

Mais, comme le cyprès domine sur l'arbuste,

Rome entre les cités lève sa tête auguste.

MÉLIBÉE.

Et quel motif si grand à Rome t'a guidé?

TITYRE.

La Liberté : tardive, elle m'a regardé,

Depuis que sous l'acier ma vieillesse indolente

Voyait déjà tomber ma barbe grisonnante;

Elle m'a regardé depuis qu'Amaryllis

De Galatée enfin m'épargne les mépris;

Car, il faut l'avouer, je n'avais dans ses chaînes

Nul soin de mes profits, nul espoir à mes peines.

De victimes en vain j'épuisais mes troupeaux,

Pour une ville ingrate, en vain, dans nos hameaux,

Je pressais sous l'osier la crème du laitage,

La main vide toujours je rentrais au village.

MÉLIBÉE.

Je m'étonnais pourquoi Galatée en ces lieux

Laissait les fruits sur l'arbre en invoquant les dieux;

Tityre était absent. Ces arbres, ces fontaines,

Ces vergers appelaient Tityre dans ces plaines.

TITYRE.

Que faire? sans espoir, sous des fers trop pesans,

Quels dieux auraient ailleurs accueilli mes vieux ans?

C'est là que je l'ai vu, ce jeune dieu propice,

Auquel douze fois l'an j'offre mon sacrifice.

C'est là que, s'empressant de soulager nos maux,

A notre humble prière il répondit ces mots :

« Paissez comme autrefois vos bœufs près des chaumières,

« Bergers, et que le soc sillonne au loin vos terres. »

MÉLIBÉE.

Heureux vieillard ! ainsi tes champs te resteront !

Et toujours assez grands, ces champs te suffiront,

Malgré ce roc aride et ces noirs marécages

Qui d'un jonc limoneux couvrent tes pâturages !

Tes chèvres n'iront point chercher d'autres gazons,

Ni d'un troupeau voisin respirer les poisons.

Heureux vieillard ! parmi ces fontaines sacrées,

Près des fleuves connus qui baignent ces contrées,

Ces bois te couvriront de leur fraîche épaisseur.

Auprès des verds buissons, près des saules en fleur,

Qui séparent tes champs du voisin héritage,

Souvent, en butinant les fleurs et le feuillage,

Les abeilles d'Hybla, par leur bourdonnement,

Viendront sur les gazons t'assoupir doucement.

Là, tandis qu'au sommet de cette roche nue,

Les chants de l'émondeur iront frapper la nue,

Entends le doux ramier, de ton cœur si chéri,

Sans cesse roucouler dans ce vallon fleuri,

Et du haut des ormeaux gémir les tourterelles.

TITYRE.

Oui, l'on verra le daim fendre l'air sur des ailes,

Le poisson dans les champs s'élancer loin des mers,

Le Parthe et le Germain échanger leurs déserts,

Et le Tigre à la Saône abandonner sa plage,

Avant que de mon cœur s'efface son image.

MÉLIBÉE.

Mais nous, les uns verront l'Africain altéré,

Les autres, le Breton, du monde séparé,

Ou les déserts lointains de la Scythie aride,

Ou les bords arrosés par l'Oaxe rapide.

Après un long exil, ah ! du moins, si mes yeux

Devaient revoir encor le champ de mes aïeux;

Et contemplant de loin mon royaume champêtre,

Reconnaître, en pleurant, le toit qui m'a vu naître !

Un farouche soldat aura donc ces vallons !

Un barbare viendra nous ravir nos moissons !

Voilà le fruit amer des discordes civiles !

Voilà pour qui nos champs sont devenus fertiles !

Maintenant, Mélibée, ente encor tes poiriers !

Aligne encor ta vigne en sillons réguliers !

Allez, pauvre troupeau, chèvres jadis heureuses,

Allez... Comme autrefois, dans les grottes ombreuses,

Je ne vous verrai plus, couché sur les gazons,

Pendre au loin d'un rocher hérissé de buissons ;

Je ne chanterai plus... Qu'un autre vous conduise

Brouter le saule amer ou la fleur du cytise.

TITYRE.

Cependant tu pourras, sur un feuillage épais,

Cette nuit, près de moi, te reposer en paix.

J'ai les crèmes du lait en fromage épaissies,

J'ai la molle châtaigne et des pommes choisies.

Les toits fument au loin, et, du haut de ces monts,

L'ombre en se prolongeant descend dans les vallons.

ÉGLOGUE II.

Le berger Corydon brûlait pour Alexis :

Ce bel enfant pour lui n'avait que du mépris,

Et rejetait ses vœux, chéri d'un autre maître.

Souvent sur les côteaux, sous l'ombrage d'un hêtre,

Corydon venait seul, et là ses vains regrets

S'exhalaient en désordre au milieu des forêts.

O cruel Alexis! tu ris de mon délire;

Ton cœur est sans pitié; tu veux donc que j'expire!

C'est l'heure où les troupeaux goûtent l'ombre et le frais,

Où le lézard s'enfuit sous les buissons épais,

Où, pour les moissonneurs rentrés sous la chaumière,

Phyllis a broyé l'ail à l'odeur salutaire.

La cigale, à midi, lorsqu'ici je te suis,

Par ses cris enroués répond seule à mes cris.

Ne valait-il pas mieux supporter la colère,

Les superbes dédains de ma fière bergère,

Aimer le brun Hylas qui n'a pas ta blancheur?

Bel enfant, ne sois pas trop vain de ta couleur;

Le blanc troëne aux champs et languit et s'effeuille,

Et le sombre vaciet trouve un doigt qui le cueille.

Mais, pour me mépriser, sais-tu donc qui je suis?

As-tu vu mon laitage, ou compté mes brebis?

J'ai mille agneaux errans aux monts de la Sicile,

J'ai du lait toujours frais dans mes vases d'argile,

Je connais tous les airs qu'Amphion autrefois

Chantait en rappelant ses taureaux sous leurs toits.

Suis-je donc si hideux? hier, sur le rivage,

J'ai vu les flots unis réfléchir mon image;

Hé bien, à ce miroir, si je puis donner foi,

Je ne crains pas Daphnis, et j'en appelle à toi.

Oh! daigne aimer les champs et mon humble chaumière!

Aux timides chevreaux viens déclarer la guerre,

Sous la verte houlette assembler mes chevreaux !

Nos chants imiteront ceux du dieu des troupeaux.

Ne crains point de presser la flûte de tes lèvres ;

Pan a soin des bergers, il veille sur leurs chèvres ;

Pan, avec de la cire unissant les roseaux,

Enseigna le premier à former les pipeaux.

Hylas à mes leçons eût bien voulu s'instruire.

Sur ces bords autrefois j'ai reçu de Tityre

Sa flûte à sept roseaux d'inégale longueur ;

Mourant, il me disait : « Sois le second pasteur

« Qui possède après moi cette flûte chérie. »

Tityre le disait : Amyntas me l'envie.

De plus, dans un ravin j'ai surpris l'autre soir

Deux chevreuils nouveau-nés, et tachetés de noir,

Nourris par deux brebis, de leur mère nouvelle

Chacun d'eux, chaque jour, épuise la mamelle.

Je te les garde encore, et veux te les donner :

Phyllis à son bercail voudrait bien les mener,

Et Phyllis les aura, puisque ton front sévère
Me dit que mes présens sont trop vils pour te plaire.

Oh! viens dans ces vallons, viens, charmant Alexis!
Vois les nymphes t'offrir des corbeilles de lys.
Vois : la blanche Naïs pour toi cueille sur l'herbe
La pâle violette et le pavot superbe,
Joint la fleur du narcisse à la fleur de l'anet,
Unit au romarin les parfums du muguet,
Et sa main, avec art nuançant chaque teinte,
A l'éclat des soucis oppose l'hyacinthe.

Et moi, je veux t'offrir des coings de mon verger
Légèrement blanchis de leur duvet léger;
Des châtaignes, des noix qu'aimait ma Galatée;
J'y mêlerai la prune et blonde et veloutée :
Oui, je veux que ce fruit partage tant d'honneur;
Et vous, ô mes lauriers, jeunes myrtes en fleur,
Je vous cueille de même, et vos tiges mêlées
Uniront vos odeurs à la fois exhalées.

Ah ! pauvre Corydon ! penses-tu qu'Alexis

Des présens d'un berger se montre bien épris ?

Quand même des présens gagneraient ses caresses,

Pourrais-tu d'Iolas égaler les largesses ?

Iolas !... Qu'ai-je dit ? Ah , malheureux pasteur !

Je viens de déchaîner l'aquilon sur la fleur,

De pousser une laie au cristal des fontaines.

Hélas ! pourquoi me fuir, et mépriser nos plaines ?

Insensé ! les dieux même ont habité les bois :

Pâris était berger, Pâris du sang des rois.

Des murs qu'elle a fondés que Minerve soit fière ;

Nous, bergers, avant tout les bois doivent nous plaire.

Le lion suit le loup, le loup suit la brebis,

La brebis le cytise , et moi mon Alexis.

Chacun cède au penchant dont le charme l'entraîne.

Vois le soc renversé, que le taureau ramène ;

Vois le soleil couchant s'éteindre à l'horizon.

Déjà l'ombre s'alonge , et brunit le gazon ;

Et moi j'aime toujours : ah ! c'est donc pour la vie.

Corydon ! Corydon ! vois quelle est ta folie !

Le cep demi-taillé languit à son ormeau.

Pourquoi le jonc flexible ou le souple roseau ,

Retrouvant sous tes doigts une forme facile ,

Ne s'arrondit-il plus en quelque ouvrage utile !

Et quoi ! si ton amour n'obtient que des mépris ,

Ne pourras-tu trouver un second Alexis ?

ÉGLOGUE VI.

Silène.

Ma muse la première, aux bords de l'Italie,

Des airs de Syracuse essaya l'harmonie,

Et d'habiter les champs elle ne rougit pas.

J'allais chanter les rois et leurs sanglans débats,

Lorsque Phœbus me dit, en me tirant l'oreille :

« Tityre! à ses brebis il faut qu'un berger veille ;

« Chante un air pastoral. » Sur mes légers pipeaux,

Je vais donc essayer quelques accords nouveaux :

Assez d'autres, Varus, célébreront ta gloire

Et les tristes lauriers que donne la victoire ;

J'obéis à Phœbus : si quelque ami des champs

Promène sur mes vers ses regards complaisans,

Il entendra ton nom sortir de nos bruyères,

Du fond de nos vallons, de nos bois solitaires;

Rien peut-il, en effet, charmer plus Apollon

Que des vers, ô Varus, embellis de ton nom ?

Muse, poursuis... Un jour, en traversant la plaine,

Mnasylus et Chromis aperçurent Silène :

Au bord d'un antre vert, il dormait étendu;

Dans ses veines encore, à longs flots répandu,

Le nectar de la veille enflammait sa figure;

Sa cruche, aux bords usés, pendait à sa ceinture,

Sa couronne est tombée et repose à l'écart.

Soudain les deux bergers fondent sur le vieillard;

Car Silène, à leurs vœux se refusant sans cesse,

Leur promettait des chants sans tenir sa promesse.

De sa propre guirlande ils enchaînent le dieu.

La jeune Eglé survient, et se mêle à leur jeu;

Et la nymphe charmante, à l'instant qu'il s'éveille,

Lui rougit tout le front d'une mûre vermeille.

Mais lui, riant du jeu, leur dit : « Jeunes pasteurs,

« Que sert de m'enchaîner ? rompez ces nœuds de fleurs.

« Ne vous suffit-il pas d'avoir pu me surprendre ?

« Ecoutez donc les vers que vous brûlez d'entendre ;

« Les vers seront pour vous ; pour elle… un autre prix. »

Il commence : aussitôt sur les gazons fleuris

On eût vu, de ses chants éprouvant la puissance,

Les Faunes, les Silvains s'agiter en cadence,

Et les chênes émus s'incliner dans les airs.

Le divin Apollon, à de si doux concerts,

Ne préluda jamais aux sommets du Parnasse ;

Orphée étonna moins les rochers de la Thrace.

Le dieu chante comment les élémens divers,

L'air, et le feu liquide, et la terre, et les mers,

Atomes condensés au sein du vide immense,

De l'univers naissant formèrent la substance.

Son orbe, tendre encor, par degré se durcit,

L'Océan en grondant s'élance vers son lit,

Chaque objet lentement prend un corps, une vie,

Le soleil s'est levé sur la terre éblouie.

La nue au sein des cieux se dissout en torrens,

L'arbre commence à poindre, et sur les monts naissans

Errent les animaux en petit nombre encore.

Il chante les cailloux que Pyrrha vit éclore,

L'âge d'or, Prométhée, et son fatal larcin,

Et le vautour vengeur acharné sur son sein.

Il dit encore Hylas, l'ami du fils d'Alcmène,

Entraîné tout à coup sous l'eau d'une fontaine.

Le nocher crie en vain et cherche en vain ses pas.

Et le rivage au loin répond : Hylas! Hylas!...

Et toi, d'un blanc taureau follement amoureuse,

Le dieu console aussi ta destinée affreuse.

Heureuse si jamais, ô femme de Minos,

La Crète sur ses bords n'eût porté des troupeaux!

« Triste Pasiphaé! quelle est donc ta folie?

« Des filles de Prœtus l'aveugle frénésie

« Jadis remplit les bois de faux mugissemens.

« Mais si, dans les transports de leurs égaremens,

« Leur cou craignait du joug l'empreinte flétrissante,

« Si leur main, sur leur front, cherchait la corne absente,

« Jamais leur cœur du moins, égalant tes fureurs,

« N'appela des troupeaux les infâmes ardeurs...

« Triste Pasiphaé! tu cours sur ces montagnes,

« Et lui, sous une yeuse, au milieu des campagnes,

« Reposant sur des fleurs l'albâtre de ses flancs,

« Il rumine, étendu, les gazons pâlissans,

« Où, près d'une génisse, il mugit et s'arrête.

« Nymphes, fermez ces bois, fermez, nymphes de Crète!

« Au détour de ces monts, peut-être à mes regards

« S'offriront de ses pieds les vestiges épars;

« Peut-être qu'attiré par les gras pâturages,

« Ou par l'objet nouveau de ses ardeurs volages,

« Aux étables de Crète il a porté ses pas... »

Il rappelle Atalante et ses légers combats,

Et les fruits d'or, vainqueurs de sa course légère;

Il entoure de mousse et d'une écorce amère

Les sœurs de Phaéton, dont les corps alongés

En aulnes, dans les airs, se redressent changés.

Il dit Gallus errant aux bords de l'Hippocrène;

Sur les monts d'Aonie une muse le mène.

Les Neuf Sœurs, Apollon, tout se lève... et soudain

Linus, heureux pasteur, et poëte divin,

Le front ceint à la fois de fleurs et de feuillage,

Lui dit : « Reçois ce luth, Phœbus t'en fait hommage.

« Le vieux chantre d'Ascra l'animant autrefois,

« De la cime des monts fit descendre les bois.

« De Grinée, avec lui, célèbre l'origine,

« Ses bois seront l'honneur de la double colline. »

Dirai-je de Sylla les gouffres tournoyans ?

Ses flancs livides ceints de monstres aboyans ?

Ulysse et ses vaisseaux en butte à sa furie,

Et ses nochers tremblans, sous la vague ennemie

Roulés, et déchirés par ses chiens affamés ?

Dirai-je de Téré les membres transformés ?

Les dons de Philomèle et ses mets parricides ?

Et Téré, triste oiseau, sur des ailes rapides,

Avant de s'élancer sous l'ombre des forêts,

Revenant voltiger autour de son palais !

Tout ce qu'à l'Eurotas Apollon fit entendre,

Et que ce fleuve heureux aux lauriers fit apprendre,

Silène le chanta : ses chants harmonieux,

Redits par les vallons, s'élèvent jusqu'aux cieux.

Cependant, de la nuit la pâle avant-courrière,

Ouvrant à l'horizon sa paisible carrière,

Oblige les bergers de compter leur troupeau,

Et l'Olympe, à regret, voit briller son flambeau.

FIN.

TABLE

DES MATIÈRES.

TABLE DES MATIERES.

FIN DE LA TABLE.

COLLECTION

DES

POÈTES DU SECOND ORDRE,

Format in-32, pap. vélin, ornée de portraits et vignettes,

POUR FAIRE SUITE A LA COLLECTION

DES POÈTES DU PREMIER ORDRE,

PUBLIÉE PAR M. LEFEBVRE.

———❦———

	fr.	c.
Deshouliéres, 1 vol...................... Prix :	3	»
Dorat, 3 vol..............................	3	»
Henriade travestie, 1 vol................	3	»
Malfilâtre, 1 vol........................	3	»
Regnier, 2 vol...........................	6	»
Chapelle et Bachaumont, 1 vol...........	3	»
Bernis, 2 vol............................	3	»
Fabre-d'Eglantine, 1 vol.................	3	»
Sterne, 1 vol............................	3	5o
Saint-Lambert, 1 vol.....................	3	»

		fr.	c.
Collardeau , 2 vol........................ Prix :		6	»
Desmoutiers , 3 vol........................		9	»
Chaulieu et Lafarre , 2 vol..................		6	»
Gresset , 1 vol........................		3	»
Malherbes , 1 vol........................		3	»
Larochefoucault , 1 vol..................		3	»
Regnard , 2 vol........................		6	»
Destouches , 2 vol........................		6	»
Hamilton , 2 vol........................		6	»
Dupaty, 3 vol........................		9	»
Horace et Boileau , 1 vol..................		2	»

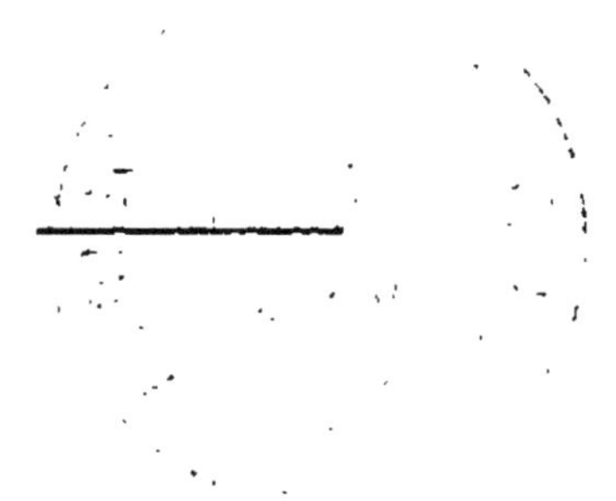

www.ingramcontent.com/pod-product-compliance
Ingram Content Group UK Ltd.
Pitfield, Milton Keynes, MK11 3LW, UK
UKHW010913160726
13695UKWH00007B/909